KB061749

운수산의 노을

삶의 뒤안길에서
지나온 날들을 되새김한다.
매서운 겨울이 지나면
꽃 피는 봄이 오듯
해거름에 돌아보니
울고 웃으며 살아온 세월이
이제는 그리운 추억이 되었다.

다바르
Dabar Bible School

차례

4부
진주 같은 우리 딸

5부
금쪽 같은 내 손주들

6부
은행나무 숲

글쓴이의 말

삶의 뒤안길에서
지나온 날들을 되새김한다.
매서운 겨울이 지나면 꽃 피는 봄이 오듯
해거름에 돌아보니 울고 웃으며 살아온 세월이
이제는 그리운 추억이 되었다.

내 삶을 반추하는 부끄러운 글이지만
살아온 날들을 성찰해 보는 시간이기도 했다.
훗날 자손들이 제 뿌리가 궁금할 때
펼쳐 볼 수 있는 작은 흔적 하나로 남는다면
더 바랄 것이 없겠다.
남편과 현정, 창호, 용한에게 고마움을 전한다.

2024년 5월

홍 정 식

1부
문수산 노을

꿈꾸는 나목

젊은 날의 푸르렀던 추억도
곱게 물든 단풍도
미련 없이 떨구어 버렸다

벌거숭이로 의연히
삭풍을 견디며 꿈을 꾼다

봄이 오면 꽃이 피고 나비도 벌도 찾아올 것이다
햇살과 바람과 비의 수고로 열매는 익어가고
초록 무성한 나뭇잎은 그늘을 드리울 것이다

두 손을 가만히 가슴에 올린다
내 안에 나목 한 그루가 꿈을 꾸고 있다

유년기

물소리 새소리 바람 소리 들리는 강촌 마을
고물고물 햇살 놀다가는 초가집 마루에서
할머니 무릎베개하고 옛이야기 듣던 어린 시절

나직나직 다독이던 할머니 목소리에
스르르 잠들던 그때가 아직도 기억 속에 살아 있다
가뭇없이 사라져 간 그 시절이 자꾸 생각난다

소녀 시절

예쁜 꿈을 꾸며 마냥 즐거워하던 때
웃음도 많았고 눈물도 많았다

가냘픈 코스모스가 눈물겹도록 예쁘고
내 마음도 구름 따라 어디론가 흘러갔다

때로는 궁금하던 담 너머 세상살이
인생은 무엇이며 어떻게 살아야 하는지
꿈속을 거닐던 그때가 소녀 시절이었나 보다

결혼

세상 무서운 줄 모르던 나이에 친척 소개로 선을 봤다. 신랑감도 어른들 성화에 등 떠밀려서 나왔다고 했다. 훤칠하고 늠름한 체격에 이목구비 뚜렷한 얼굴이 싫지 않았다.

결혼이 얼마나 중대사인지 생각할 여지도 없이 선보고 보름 후에 결혼식을 올렸다. 짧은 만남이었지만 몇 번 만나서 앞으로의 꿈과 계획을 주고받으며 상상의 날개를 펴기도 했다. 못다 이룬 꿈은 결혼하고 차차 이루어 주겠노라는 약속도 했다. 세상이 온통 내 것인 양 참 행복했다.

결혼하자 신랑은 두메산골 벽촌에다 신부를 데려다 놓고 학기 중이라 서울로 갔다. 모든 것이 새로운 시댁에서 방학만 손꼽아 기다리며 층층시하에서 시집살이가 시작되었다.

시집살이

시댁 가족은 대가족이었다. 시할아버지 내외분과 시아버님 내외분 시누이와 시동생 꽤 많은 식구였다. 층층시하, 아침저녁 문안 인사와 예의 절차에 잘 때도 버선을 벗지 못하고 자다가 놀라서 일어나곤 했다.

부엌은 낯설고 밥 짓는 커다란 무쇠솥을 보며 잔뜩 긴장했다. 오늘도 밥을 맛있게 잘해야 한다는 부담감이 나를 옥죄었다. 삼시 세끼 불을 지펴 더운밥을 지어야 하니 하루해를 거의 부엌에서 보냈다. 그때는 밥이 입으로 들어가는지 어디로 가는지도 모르고 먹었다.

서투른 솜씨에도 시할머니께서 애썼다는 한마디에 힘든 줄 모르고 정성을 다했다. 한 끼가 지날 때마다 안도의 한숨이 나왔다.

그렇게 하나씩 배워가던 그때가 있었기에
오늘이 있지 않은가.

몸의 변화

두메산골 층층시하에 신부를 두고 간 신랑은 언제 올까? 해가 지면 쏟아지는 별빛이 가로등이다. 물도 길어다 먹고 빨래도 개울에서 해야 한다.

너무나 서투른 시집살이에 입덧이 시작되었다. 첫 임신이라 입덧이 얼마나 심한지 밥은 냄새도 못 맡았으나 누에고치에서 나오는 번데기는 먹을 수 있었다. 그나마 번데기라도 먹을 수 있는 것이 다행이었다.

시할머니께서 누에고치에서 명주실을 뽑으면 이웃집 아이들이 번데기 먹으러 온다. 할머니께서는 우리 집에 번데기 주워가는 망구가 있어서 안 주면 나를 잡아간다고 아이들에게 이제는 안 된다고 하셨다. 하루에 먹을 수 있는 양만큼 주셨다.

얼굴에 노란 꽃이 필 때쯤 입덧이 없어져 갔다. 그렇게 우리 딸 현정이가 내게로 찾아왔다. 어른들께서는 은근히 손자이기를 기대하신 것 같았다. 딸을 낳았다고 누가 뭐라고 한 것도 아니지만 스스로가 어른들 앞에서 죄인처럼 고개를 들지 못했다.

둘째와 셋째는 하나님께서 아들을 주셔서 며느리로 책임을 다한 듯 감사와 기쁨으로 양육하리라 다짐했다.

벽초 정사

문수산 옥돌봉 아래 서벽에는 시할아버지께서 남겨두신 벽초 정사가 있다. 할아버지께서 60여 년 전에 지은 정사로 얼마나 심혈을 기울여지었는지 탄탄한 기반이 신축 당시를 짐작할 수 있게 한다.

넓은 대청마루와 유숙할 수 있는 방 두 칸에 돌아가며 툇마루가 놓여있다. 앞마당에다 우리나라 지도 모양의 화단을 만들고 그 가장자리로 물길을 내어 연못을 꾸며 놓았으며 주변에는 무궁화를 비롯하여 갖가지 꽃을 심어 운치를 더했다.

한때는 나라의 안위를 걱정하며 사색하던 곳이다. 할아버지께서는 한 나라의 재상으로 많은 일을 하셨지만 강직한 성품으로 남긴 것은 정사 하나뿐인 것 같다. 국회의원 3선에 원내총무와 농림위원장을 하신 분이다.

가끔 고향에 내려오시면 정사에서 친구분들과 정치에 관한 이야기며 정담을 나누시곤 했다. 그 영화도 잠시, 주인도 떠나시고 세대도 바뀌어 자손들은 제 살길 찾아 멀어지니 백발의 손주와 손주며느리가 오가며 정사를 돌보고 있다.

작년에는 툇마루 난간 문양이 퇴색하여 도색을 다시 했다. 잡초 무성한 정사에는 빛바랜 현판과 팔각정만 덩그렇게 그때를 회상하게 한다. '산천은 의구한데 인걸은 간 곳 없다.'라는 옛시조의 한 구절이 생각난다.

문수산의 노을

해 질 녘, 고향 집 마루에서 바라보는 저녁노을
오늘따라 꽃노을이 더 아름답다

댓돌 위에 올라서면 아버님 기침 소리 들리고
버선발로 종종걸음 치던 새색시도 보인다

아스라한 길 위로 살아온 날들이 주마등같이 스친다
백두 대간이 자리한 첩첩 산골
스물두 살 어린 나이로 시집왔다

호랑이보다 무섭던 서슬 푸른 시조부님
어머님이 밤새워 바느질하신 두루마기가
마당으로 던져지던, 숨 막히던 나날들

백발이 되어 바라보는 서녘 하늘
절대 순종으로 사랑의 꽃을 피우던 그 시절
참 아름다웠노라고 문수산 노을빛이 화답한다

의좋은 삼 형제

햇살 따스한 봄날. 할아버지께서 집 뒤쪽에다 담장을 길게 치더니 할아버지 삼 형제분의 집을 한 담 안에 짓는다고 하셨다. 우애가 좋으신 분들이라 잠시라도 떨어지면 안 되는 줄 알았다.

집 지을 제목들이 들어오고 목수와 일할 사람들이 정해졌다. 먼저 우리 집부터 지었다. 짐을 옮겨놓고 살던 집을 부수고 짓기 시작했다. 다음은 둘째 할아버지 댁과 그 옆에 셋째 할아버지 댁을 순차적으로 지었다. 그때는 일하시는 분들 식사를 끼니때마다 지어 드려야 했다.

어른들께서 말씀하시길 밥 지은 분량이 집채만 해야 집을 다 짓는다고 하셨다. 삼시 세끼와 새참까지 하루 다섯 끼를 지어내느라 아궁이에 불이 잘 타지 않아 연기가 부엌으로 나오는 바람에 눈물 콧물, 검정까지 묻은 얼굴은 어디에 비유할까. 고향 집 나이도 어느덧 반세기가 넘었다. 땀과 눈물이 스며 있는 고향 집에 가면 정겹고 편안하다.

책꽂이 사건

죽을 때까지 잊지 못할 사건이다. 집 짓는 목재가 들어왔다. 마루에 깔 송판이 꽤 널찍하고 좋아 보였다. 책 꽂을 책장 하나 없던 시절이라 남편이 책꽂이 만든다고 송판 몇 장을 썼다.

할아버지께서 아시고 불호령이 떨어졌다. 어머니께서 아들에게 할아버지께 잘못했다고 용서를 구하라 하시는데 남편은 어디론가 행방을 감추었다. 할아버지 꾸중은 하늘을 찌르고 집안이 온통 벌집같이 웅성거렸다. 아버님께서 아들 대신 할아버지께 잘못했다고 빌어도 용납이 안 되는지 쉰이 넘은 아버님께서 아들 대신 목침에 올라서고 할아버지께서는 아들 교육 잘못시켰다고 회초리로 종아리를 때리셨다.

나는 너무 놀라 사랑방 툇마루에 꿇어앉아 손이 발이 되도록 빌고 또 빌면서 울었다. 그 일 후, 책장은 어림없고 한 담 안에 집 세 채가 지어졌다. 세월이 가고 할아버지도 돌아가시고 작은댁 두 집도 주인이 바뀌었다. 집만 덩그러니 그때 그 사건을 떠오르게 한다.

산 다래 맛

두메산골 첩첩산중에서
여생을 묻으신 시아버지
부친의 부귀영화도 마다하고
할머니와 가족들을 거느리고
평생 고향을 지키며 사신 분이다

어느 날 산에 가셨다가
농익어 떨어진 산 다래를 주워
조끼 주머니에 넣어 오셨다
"어머니 드셔보세요. 참 달아요"
따사로운 가을 햇살 아래
할머니, 어머니, 새색시 삼대가
맛있게 먹었다

한 알 남았을 때 서로 쳐다보며
"드세요, 너 먹어라" 하시던 어른들
곰삭은 산 다래 맛 같은 아버님
그때가 그립다

햇살 따스한 집

시댁 형제는 오 남매다. 삼남이녀로 남편 위로는 시누님 한 분과 아래로 시동생 두 분, 시누이가 있다. 남편이 맏이다 보니 나는 자연 맏며느리가 되었다. 들어 온 식구로는 시 매부님과 며느리가 셋이다.

우리 집 형제분들은 작은 일이든 큰일이든 서로 의논해서 힘을 합친다. 결혼한 지 어언 50여 년이 넘다 보니 이제는 서로 쳐다보기만 해도 마음을 알고 생각이 통한다. 큰 시누님은 이해심이 많다. 동생들 말에 귀 기울이고 다독여 주는 어머니 같은 분이다.

나는 할 줄 아는 것이 없었다. 그저 조신하게 어른들 말씀에 따라 일을 배워갔다. 그러다가 동서들을 보게 되었다. 내가 윗사람이 되고 보니 동서들이 가풍을 배워가는 모습이 얼마나 보기 좋은지 늘 고맙고 대견해 보였다.

바로 아래 시동생은 매사에 신중하다. 그래서 실수가 없다. 가끔 우리 집에 올 때는 내가 좋아하는 화분을 들고 와서 키우는 방법까지 알려주는 자상함도 잊지 않는다. 그의 아내 동서는 우리 집안 활력소다. 나눔과 섬김의 달란트를 가지고 있다. 어떤 일이든 웃음과 열정으로 사람들의 기분을 살려주는 지혜가 있다. 기념일이나 생일 때가 되면 형제들을 불러 축하해 주고 봄가을이면 우리나라 명소를 데리고 다니며 가이드 역할도 잘한다. 삶의 활력소가 되는 내외분이다. 막내 시동생은 품이 넓어 누구나 좋아하는 스타일이다. 그 아내 동서는 일인삼역을 하면서도 조금도 힘든 내색 없이 묵묵히 자기 일을 잘 감당하는 여장부다. 둘째 시누이는 하나님께 드려진 사명감으로 교회를 잘 섬기고 있다.

자라온 환경도 다르고 취향도 다르지만 좋은 성품을 가진 동기간 덕분에 서로 배려하고 양보하며 아껴주는 사랑의 가족이다.

이름에 대한 징크스

나의 친정집은 6대 외동으로 대를 간신히 지탱해 온 집안이다. 딸이든 아들이든 귀하게 생각하는 뜻에서 딸들도 돌림자를 따라 정식이, 영식이라는 이름을 지어 주었다. 내 이름은 곧을 정 심을 식자, 정식으로 불렸다.

시집오니 고종 시누이 이름이 정식 이어서 한 집안에 정식이가 둘이 되었다. 육촌 시동생은 나보다 두 살 아래다. 장난기가 심하여 이름을 두고 남자 이름 같다며 우스갯소리로 번번이 놀리곤 했다. 수돗가에 앉아 일을 하다 보면 어느새 물장난을 쳐서 옷은 젖어도 웃음소리는 풍년이었다.

남편이 이 모습을 보고 이름을 바꾸자고 제안했다. 은혜 은자에 주인 되신 주님 주자로 바꿨다. 50년이 넘게 교회마다 은주로 등록해서 아주 익숙해졌다. 호적 이름 쓰이는 곳은 공항과 병원, 관공서뿐이었다.

'주와 함께 교회'에 등록하면서 생각해 보았다. 세상 떠날 때 내 관 뚜껑에 어떤 이름이 쓰일까? 생각하다가 이제는 본명으로 돌아가자고 톡 방에 이름부터 고쳤더니 먼 외국에서 전화가 왔다. 은주는 어디 가고 왜 정식이가 되었냐고.

웃으면서 두 이름 가진 여자였다고 자초지종 밝히기에 한참 바빴다.

시댁

내 집이 아닌 남편의 집
언제나 이방인 같고 조심스럽던 집
그러나 내 아이가 자라는 집

어느덧 내 머리에 흰머리가 생길 때
나는 누구며 왜 여기에 있는가?
스스로 던지던 메아리 없는 자문自問

칠십 마루턱에 다다르자
살가운 흔적들이 말을 한다
너의 수고와 믿음이 꽃을 피웠다고

2부
사역을 마치다

삶의 전환

봄 방학에 아이들을 데리고 어른들께 다녀왔더니 집이 온통 이삿짐으로 쌓여있었다. 사연인즉 학교에 사표를 내고 신학 공부를 하겠다는 것이다.

생각하고 기도해 오던 일이지만 한마디 의논도 없이 나 없는 사이에 사표를 내고 짐을 싸다니 눈앞이 캄캄했다. 첫째와 둘째는 초등학교에 다니고 막내는 이제 겨우 첫 돌을 지났는데 살아갈 일이 막막했다.

추위도 가시지 않은 겨울 막바지 3월 초에 충청도 문곡으로 이사를 했다. 시골 조그만 교회에서 남편은 봉사하며 대학원 입시 준비를 하고 나도 틈틈이 교회 일을 보며 살림을 꾸려나갔다.

그다음 해 남편은 원하던 장신 대학원에 입학했다. 근 일 년 육 개월 그곳 생활을 청산하고 서울로 이사를 오게 되었다.

남편은 교육 전도사라는 직함으로 공부하며 목회하며 열심히 살았다. 그해 3월 남편은 지금의 대치동 (용산 중앙)교회에 파트타임으로 부임했다. 중고등부와 청년부를 담당하게 되었다.

이사를 자주 하게 되자 아이들은 학교에 적응하느라 무던히 힘들어했다.

그동안 시조부님께서 세상을 떠나셨다.

신학을 마칠 즈음

75년 3월 늦은 만학도에게도 졸업이 왔다. 군 제대 후 시골에 있던 큰 시동생이 어머니를 모시고 졸업식에 오시기로 했는데 시동생 혼자 왔다. 어머니께서는 혈압으로 편찮으시다고 했다. 지금도 그때 얘기만 하면 가슴이 뛴다.

졸업식을 마치고 혼자 시골로 내려갔다. 40여 년 전이라 혈압이 얼마나 무서운지 어떻게 대처해야 하는지를 몰랐다. 지금 생각하니 무지의 끝이었다.

부강으로 임지가 정해지자 어머니를 모시고 올라왔다. 경희의료원에서 진료를 받았다. 결과가 좋지 않았다. 혈관이 터진 위치도 안 좋고 이미 너무 늦어 방법이 없다는 의사 선생님의 말씀에 하늘만 쳐다보았다.

갈림길에서

그 시절, 총회에서 정한 법은 단독 목회를 2년을 해야만 목사 안수를 받을 수 있었다. 부강 중앙교회에서 안수받고 영주 제일교회 부목사로 임지를 옮겼다. 편찮으신 어머니가 계시니 우리에겐 다행한 일이었다. 시골에는 아버님이 혼자 계시고 막내 시동생은 학업 중이었다.

부임 6개월쯤 되었을 때 지금의 대치동 교회에서 초청 소식이 왔다. 교회가 지금 어려우니 회복을 위해서 대치동교회로 꼭 와달라는 내용이었다. 거절할 방법이 없었다.

이즈음 나는 가정의 모든 일이 너무 힘겹고 어려웠다. 내가 할 수 있는 방법은 기도밖에 없었다. 야곱이 기도로 씨름하듯 나도 기도로 밤을 새웠다. 주제는 서울행을 포기하게 하던지, 어머니 병환을 고쳐주시던지 하나님의 뜻을 보여주시길 원했다.

결국 어머니의 병환이 3년쯤 될 무렵, 하나님께서는 어머니를 천국으로 인도하셨다.

우리는 대치동 교회 전신인 용산 중앙교회로 부임을 하게 되었다. 아이들에게 큰 무리였다. 딸이 고3이고 창호가 중3이었다. 학교마다 교복과 교과서가 달라서 구하기가 어려웠다.

투정 한마디 없이 따라다니는 아이들에게 많이 미안했었다.

용산 중앙교회

평북 노회에 속해있는 작은 교회다. 고향 이북을 등지고 서울에서 삶의 터를 잡은 피난민들이 세운 교회다. 잘못된 목회 때문에 성도들이 상처받고 믿음에 된서리를 맞은 교회였다. 날이 가고 달이 바뀌면서 더디게 회복되어 갔다.

남영동에 있는 교회를 정리하고 대치동 빈터에 천막을 치고 교회를 짓기 시작했다. 자금 부족으로 큰 건축회사에 맡기지 못하고 그때그때 필요한 자재를 직접 사서 짓느라 더디게 진행되었다.

그렇게 어렵게 지어진 교회가 입당하고 봉헌식 하던 날, 성도들은 서로에게 감사하고 찬양하며 기쁨의 눈물로 예배를 드렸다.

수술

우리나라 서울에서 제24회 하계 올림픽이 개최되었다. 대한민국의 열기가 하늘을 찌를 때. 우연히 발견한 종양으로 영동 세브란스 병원에 입원했다. 유방암이라는 진단이 나왔다.

내가 아픈 것보다 아이들 걱정이 태산이었다. 수술대에서 생각하니 현정이가 진즉에 결혼했더라면 내가 수술 후 깨어나지 못한다 해도 남은 가족이 덜 힘들 텐데... 하는 불길한 생각이 들었다. 수술 시간은 길었다.

의식이 돌아오고 마취에서 깨어나자 가슴을 더듬었다. 압박붕대가 왼쪽 가슴을 칭칭 감고 있었다. 2주 후에 가슴을 동여매고 퇴원했다. 그때만 해도 암은 생존 확률이 낮은 병이었다.

며칠이 지나 새벽예배에 나가려고 조심스레 발을 내딛는데 발이 움직여지지 않았다. 걸음은 다리로만 걷는 것이 아니라 몸이 함께 걷는다는 것을 그때 알게 되었다. 성도들의 기도와 사랑이 없었다면 회복될 수 있었을까. 삼위일체 하나님께 감사드린다.

중병을 앓고 나니 세상이 온통 새롭게 보였다. 기쁨은 고통의 부재가 아니라 하나님의 임재라는 말이 떠올랐다.

그해 여름은 유난히 더웠다.

불탄 교회

화요일 오후였다. 전화벨 소리가 요란히 울렸다. 교회가 불이 났다는 것이다. 이게 무슨 말인가, 나는 정신없이 달려갔다. 경찰과 소방차가 와서 불을 끄고 있었다. 이 기막힌 상황에 나는 그냥 주저앉고 말았다.

우리 성도들은 시꺼멓게 그을린 어둑한 성전에서 눈물로 예배를 드렸다. 예배를 드리고 나오는 발걸음이 얼마나 무거운지 이스라엘 백성들이 예루살렘을 향해 울었다는 사건이 생각났다.

당분간 총회 회관을 빌려 예배를 드렸다. 근 2년 동안 성도들의 집을 담보로 교회가 제 모양을 갖추게 되었다. 입당하던 날 우리 교우들의 기쁨은 하늘에 닿을 듯, 눈물로 감사 기도를 드렸다. 차츰 성도들의 집 담보를 하나씩 정리하고 헌당 예배를 드릴 때 우리의 기쁨은 다윗왕이 법궤 앞에서 뛰놀며 춤추던 마음 같았다.

기도

기도는 나의 우산이다
내가 힘들 때는 눈물의 기도로
폭풍 같은 고통에는 몸부림으로
안타까울 때는 간절함으로
기도는 언제나 나를 지켜주는 힘이다

기도는 나와 먼 길을 가는 길벗이다
기도로 아침을 열고 기도로 하루를 닫는다
기도로 길을 가노라면 손잡아 주시는 주님이 계신다
기도 속에서 평안을 누리며 사랑을 나눈다
그분은 언제나 나를 변함없이 사랑하시는 분이다
내가 기도의 길을 가는 이유이기도 하다

사역을 마치다

남편은 이제 사역을 그만두겠다고 한다. 마음의 준비를 하라는 뜻이다. 느닷없는 소리에 잘못 들었나 싶어 다시 물어도 대답이 없다. 사역에 대한 열정이 식은 것도 아니고 아직은 때가 아니라는 내 생각은 전혀 고려되지 않았다.

현정이, 창호가 외국에 있고 용한이는 유학 중이라 이 답답한 마음을 들어줄 누구도 내 곁에 없었다. 살아오면서 남편은 무슨 일이든 하나님 앞에서 옳다고 생각되는 일은 일사천리로 진행하는 습관이 있다. 특히 자신이 맡은 일에는 그 누구와도 타협하지 않으려 한다.

무슨 일이든 결과를 잘 맺어야 빛이 난다. 원로 목사로 추대받고 남은 모든 절차를 정리한 후, 후임 목사님께 인수인계를 하고 미국으로 떠났다.

주님의 날

주님의 날이다
또한 내가 은혜받는 날이기도 하다
주님 안에서의 만남은 언제나 기쁨과 평안이다
반가운 사람들과 예배드림이 곧 사랑이다
갈렙 같은 믿음으로 믿음의 어른이 되어
우리 후손들에게 든든한 신앙의 본이 되는
삶이 되기를 기도한다
예배 중 찬송은 천국인 듯
감사와 기쁨의 소리가 저 멀리 하늘로 솟았다가
다시 기쁨의 부메랑이 되어 내게로 돌아온다

이사

혼자 남은 내가 짐을 정리해서 우선 용인에 있는 큰아들네 집으로 이사를 했다. 큰아들은 해외 발령을 받아 일본에서 살고 있다.

교회 안에서 살다가 바깥세상으로 나온 것이다. 같은 언어를 쓰는 내 나라인데 어쩌면 그리도 생소하던지 내 살던 교회 안은 온실이었구나 하는 생각을 했다. 처음에는 교회도 다르고 사람들도 달라 마치 이방인 같은 느낌이었다. 어디서든 내 삶 그대로 예배드리고 기도하면서 사노라니 아는 사람도 생겼다.

익숙해질 즘에 큰아들에게서 연락이 왔다. 집을 팔아야 한다고. 주인 형편이 그러하니 어쩔 수 없었다. 전세금을 빼서 광주 오포 신영프로방스 아파트로 이사를 했다. 형님네가 살고 있는 아파트라 남의 동네 같지 않아서 좋았다. 형님네랑 우애 있게 살아보리라 다짐했다.

3부
유타에서

성운익 집사님 댁에서

딸네가 살고 있는 뉴욕으로 가는 길에 LA에 들렀다. 그간 너무 보고 싶고 궁금하던 대치동 교회 교우분들을 만나기 위함이다.

먼저 남 목사님 댁에서 하루를 머물고 성 집사님 댁으로 옮겼다. 성 집사님 부인되시는 최 집사님은 다른 주에 계시고 성 집사님과 구승환 장로님께서 섬겨 주셨다. 편안한 잠자리와 융숭한 대접에 감사했다.

산책로의 맑은 공기와 예쁜 꽃들도 환히 반겨주었다. 울창한 숲 속에서 들리는 새소리도 너무 아름다웠다.

저녁 만찬은 LA에 계시는 대치동교회 옛 교우분들이 오셔서 만남의 자리를 가졌다. 이런저런 모습으로 열심히 살아가는 교우들께 감사했다.

어린아이들이 자라 청년이 되어 부모님을 돕고 있는 모습이 너무 보기 좋았다. 우리는 대치동교회가 어려웠을 때 눈물로 기도하던 그때를 떠올리며 밤새는 줄 모르고 이야기꽃을 피웠다.

지난겨울 성집사님이 천국으로 이사하셨다는 소식을 들었다. 누전으로 인한 화제였다니 숨이 쉬어지지 않는다. 계절마다 안부를 전하면서 건강하고 또 오라고 정 주던 분이 내 곁에서 멀어졌다. 천국이라는 주소에는 메일도 없다. 유족들 마음은 얼마나 아플까. 주님의 위로만을 기도한다.

뉴욕

드디어 딸이 살고 있는 뉴욕에 도착했다. 딸이 사는 롱 아일랜드에는 유대인이 많이 사는 동네다. 나름 학군이 좋은 지역이라 한다.

6월의 하늘이 유난히도 파랗고 맑아서 유년 시절에 보던 하늘이 여기에 왔다고 생각했다.
이름대로 꽃이 많은 동네, 경치가 아름다운 동네라 '플레인 뷰'라고도 불린다.

울창한 나무가 집을 둘렀고 잔디가 예쁘게 자라는 집, 계절을 따라 튤립과 영산홍, 목단이 화사하게 피는 집이다. 상수리나무에 다람쥐 가족이 사이좋게 모여 사는 평화로운 곳이었다.

사순절

오늘은 주님의 날, 딸과 함께 '선한 청지기' 교회에서 예배를 드렸다. 그 교회는 예배에 필요한 조명과 음향 스크린, 모든 준비가 완벽한 교회였다.

사순절 기간이라 십자가에 대한 설교였다. 우리 주님의 슬픈 십자가와 흘리신 보혈, 그 고통과 수모가 인류를 구원하는 기쁨의 춤사위였다는 내용이었다. 우리도 극한 상황 속에서 아픔을 춤으로 이길 수 있다면 하나님께서 보시고 '너 참 아름답다.' 하신다는 말씀이 긴 여운을 남겼다.

믿는 자에게는 능히 하지 못할 일이 없다는 말씀도 생각났다. 마가복음 9장 23절 말씀을 묵상했다.

성금요일

주님께서 우리 죄로 십자가 지신 날
겟세마네 동산에서 땀이 피가 되도록 기도하시던 주님
수치와 고통의 십자가를 지고 순한 양이 되어
그 사랑이 오늘을 살게 하고 또한 자유를 주셨다

아들의 죽음 앞에서 몸을 떨며 아파하던
어머니의 그 처절한 절규!
아들을 품고 흐느끼는 연민과 사랑이
우리의 마음을 서늘하게 하는 성금요일이다

부활절

올해는 이곳 LA에서 딸과 사위와 함께 부활절을 맞는다. 내 나라 내 교회보다 사뭇 다른 느낌으로 예배를 드린다. 나는 찬양으로 눈물지었다.

주님의 부활은 성경을 깊이 사색할 수 있는 사건이다. 그토록 따르던 제자들도 십자가가 두려워 부활을 사모하지 못했다. 다만 제사장들이 시체를 도난당할까 걱정하고 초조해하는 부활이었다.

십자가와 부활을 바로 이해한다면 아픔과 낭만이 시처럼 이해되지 않았을까. 낭만은 사랑과 미움, 아름다움과 분노 이 모두를 갖춘 자가 품을 수 있는 마음이 아니겠는가.

우리는 세상을 사는 싸움꾼이 아닌 낭만을 아는 그리스도인이 되어야겠다.

유타에서

LA에서 비행 3시간 후 유타에 내렸다. 비행기에서 본 유타는 산으로 둘러싸인 큰 호수 같은 도시였다. 그리 크지는 않았지만 깨끗한 거리와 정돈된 건물들이 아름다웠다.

여기는 몰몬교의 성지가 있는 도시로 가족이 중심이 되는 살기 좋은 도시다. 성인이 아니면 술과 담배를 구매할 수 없는 법칙이 잘 지켜지는 곳이며 술집과 유흥가가 없는 도시다.

유타에는 우리가 사랑하는 한만식 목사님이 계신다. 임미영 사모님과 함께 목회를 아주 성실하게 하시는 분이다. 사랑으로 만나는 기쁨은 피곤을 잊게 했다. 여장을 풀고 몰몬교 성지와 도시를 구경했다.

다음 날에는 유타 한인 장로교회 장로님의 초대를 받아 만찬을 나누었다. 한 목사님이 잠시 자리를 비운 사이에 안내하시는 장로님이 말씀하셨다.

"한 목사님은 우리 교회에 오신 지 10년이 훨씬 지났어도 얼굴 한번 변하는 모습을 본 적이 없다."

라고 했다. 참으로 성직자다운 분이구나 새삼 존경스러웠다. 그리운 분들을 만나서 감사의 시간을 보내고 우리는 내일 미국의 국립공원 옐로스톤의 일정을 위하여 일찍 잠자리에 들었다.

옐로스톤

한 목사님 내외분의 지극한 보살핌과 안내로 미국 국립 공원 옐로스톤에 도착했다. 대한민국의 1/10에 해당한다는 방대한 면적의 미국 최대, 최초의 야생 공원이다.

6월의 산, 높은 곳에는 잔설이 덮여있고 야생화가 융단같이 펼쳐져 있는 대 초원에는 동물들이 유유히 나타났다 사라진다. 다양한 동물들을 코앞에서 볼 수 있어 마치 동물 나라에 온 느낌이 들었다. 특히 아메리칸 들소들 행렬이 자동차 길을 막고 있어도 하염없이 기다리는 관광객들, 다양한 생태계가 함께 살아가는 질서의 한 단면을 보는 것 같았다.

광활한 평원에 지구의 심장 같은 뜨거운 온천수가 하늘 높이 분출하는 광경은 표현할 수 없는 장관이었다. 자욱한 증기의 유황 냄새, 만여 개의 간헐 온천은 많은 야생동물들이 자생하는 생태계의 천국이라 할 수 있다.

수많은 협곡과 호수 중에는 서울 면적보다 큰 산중호수가 있다니 그 넓이 또한 가늠하기 어려웠다. 옐로스톤은 미네랄이 풍부한 온천수가 석회암층을 흘러내리며 바위 표면을 노랗게 변색시켜서 붙여진 이름이라 한다.

이 거대한 공원을 보면서 미국이라는 나라는 땅도 넓고 자원도 많아 은근히 부러운 생각이 들었다. 그러나 하나님을 두려워하지 않으면 언제 하나님의 진노가 임하게 될지 잠깐 불안한 생각도 스쳤다. 쉼터로 찾은 집은 아늑하고 조용했다. 동화 속 숲 속 요정들이 나오는 집 같았다. 입구에 라벤더 향기가 반겨 맞아주었다.

하나님이 만드신 장엄한 대자연을 보면서 그 오묘한 섭리에 감사함과 두려움이 시시각각 나타나는 여행이었다. 임미영 사모님의 정성 담긴 만찬으로 영과 육이 풍성했다. 그날 밤 피곤함 때문인지 꿀잠을 잤다.

다시 찾은 온누리 교회

딸의 친구인 남진숙 목사님이 시무하는 교회에 예배드리러 갔다. 남편인 임 집사님과 딸과 아들이 함께 열심히 봉사하는 모습이 참 고마웠다. 6년 전 방문 때 보다 더 성장해 보이는 모습이 좋았다.

자그만 교회지만 유학생들을 많이 보듬어주는 교회란다. 언어가 다른 외국에서 학문을 배워가는 유학생들이 외롭고 힘들 때 위로를 받을 수 있는 교회가 있어 얼마나 다행인가. 친교와 사랑으로 하나 되는 모습을 주님께서 보시고 얼마나 기뻐하실까 생각해 보았다.

기대 이상으로 열심히 목회하는 모습을 보니 더없이 감사함을 느낀다. 하나님께서 우리를 향하신 사랑의 마음을 조금이라도 느끼는 하루였다.

뮤지엄을 보다

주말이라 남편과 함께 아들과 딸 사위를 앞세워 뮤지엄에 갔다. 가는 길에 막내아들이 교환학생으로 다니던 바이올라대학교에 들렀다. 아들은 옛 생각이 새로운지 학교 이곳저곳을 구경시켜 주었다. 아들이 외로운 이국에서 고생하며 공부했을 그때를 생각하니 가슴이 아팠다.

아들의 모교를 구경하고 우리 가족은 '포레스트 론 뮤지엄'으로 향했다. 그곳에서는 예수님의 발자취가 전시되고 있었다. 이 귀한 명작을 가족이 함께 관람할 수 있다는 것이 행운이었다. 우리는 그곳의 메인인 골고다의 예수님부터 감상했다. 작품 하나하나 감상하면서 그 당시 성경에 나오는 환경들이 떠올라 가슴 뭉클한 장면 앞에서는 기도가 절로 나왔다.

다른 동으로 옮겨가서 최후의 만찬도 볼 수 있었다. 폭이 9m 높이 5m 정도의 거대 명작이 참 인상 깊었다. 시간상 부활의 예수님은 다음 기회에 볼 수밖에 없었다. 일 년에 두 번 바꾸어서 전시한다고 했다.

아들과 딸 사위의 보호를 받으며 남편과 함께한 여행은 그 무엇과도 비교할 수 없는 행복한 시간이었다. 사진 촬영이 금지된 곳이라 카메라에 담아 오지 못해 아쉬웠다.

참으로 귀한 명작을 볼 수 있게 인도해주신 하나님께 감사드린다.

4부
진주 같은 우리 딸

진주 같은 우리 딸

빛나지 않아도 고요하게
영롱하지 않지만 은은하게

귀하디 귀하게 자리매김하는 보석
우리 딸 현정이

그리움은 진주가 되어
오늘도 가슴속에서 빛나고 있다

아들과 함께

둘째 아들한테서 전화가 왔다. 미국 출장이 있으니 함께 누나네 집에 가자는 내용이었다. 5년 만의 기회가 아닌가.

남편은 아무 반응이 없다. 이유는 바쁘게 사는 아이들에게 폐가 된다는 생각이었다. 그러나 나는 벌써 마음이 설렌다. 일주일에 한 번씩 영상통화를 하지만 그래도 보고 싶다고 아들에게 솔직히 말했다. 모시고 가겠다고 한다.

너무 좋았다. 노인이 되니 몸만 약해지는 것이 아니라 마음도 약해져서 별일 아닌 것이 서럽고 아쉽다. 요즘 유난히 딸이 보고 싶다. 얼마 전 LA로 이사를 했다는데 어떤 곳에서 어떻게 사는지 궁금하고 염려스러웠다. 티켓팅하라고 부탁했다. 기분 좋은 하루였다.

딸네 집으로

몇 달 동안 쌌다 풀었다 하던 짐을 공항에서 보내고 비행기에 탑승했다. 5년 만에 가는 딸네 집이다. LA로 이사 오고 처음 가는 길이다.

날개 쪽 창 옆에 좌석을 하고 주님께 잠시 감사 기도를 드렸다. 다행히 좌석이 만석이 아니라 자리를 넓게 받았다.

이제는 못 갈 것 같았는데 다시 갈 수 있는 현실이 믿기지 않았다. 창밖으로 보이는 흰 구름 위로 날아가고 있다.

날짜변경선에 이르렀을 때 구약성경 말씀이 생각났다. 열왕기하 20장 9절에서 11절에 히스기야 왕의 일영표 사건이 오늘날은 어떤 기적도 아닌 일상이 된 듯 내 머리가 아리송했다.

아름다운 도시

따사로운 햇살과 차가운 바람이 스치는 봄날이다. 집 담장마다 부겐베리아가 예쁘게 피었고 길가에는 이름 모를 꽃들이 반겨주는 정갈하게 계획된 도시였다.

딸은 뉴욕에 살다가 이곳으로 이사 온 지 2년이 되어 간다. 기후 탓일까? 싸이플러스 나무가 하늘 높은 줄 모르고 울창하다. 여기저기에 수영장이 보이고 독특한 구조의 빌딩들이 그곳의 이정표가 되어 손님들 길 안내를 하고 있었다. 여기가 우리 딸 현정이가 사는 '휘티어 그루브'라는 새로 생긴 도시였다.

동화 속에 나오는 집 모양들이 보기 좋게 모여있는 깨끗하고 살기 좋은 동네였다. 참으로 바쁘게 살면서 하나하나 이뤄가는 딸과 사위가 든든해 보였다.

LA 날씨

LA에 다시 겨울이 왔단다.
바람에 견디지 못하는 나무가 동, 서로 마구 흔들린다.
힘든 세상을 사는 사람처럼
세상 풍파에 견디느라 힘들어한다.
날씨 또한 변덕스럽다.
해가 눈부시게 보이더니
어느샌가 검은 구름이 와서 덮어 버리고
순식간에 우르르 쾅쾅! 우박이 쏟아진다.
이상 기후 탓인지 지역 특성도 없어진 듯
LA 봄이 이렇게 추운 것은 처음이라고 야단들이다.
날씨도 사람들도 부산한 하루였다.

빗소리

지난밤에는 비 오는 소리가 잠을 깨웠다. 올해는 서부에 유난히 비가 많이 온다고 한다. LA에 온 지 10여일, 아들은 출장을 마치고 한국으로 떠나는 날이다.

누구든 이별이 좋은 사람은 없을 것이다. 동생을 보내는 딸의 얼굴에 연민의 그림자가 보인다. 딸이랑 둘이 지난날 이야기로 허전함을 달랬다.

어릴 때 뛰어놀던 마당 할머니의 사랑, 그때 먹던 맛있던 간식.

딸의 이야기에 그리움이 묻어난다.

발을 다치다

햇살이 눈 부신 아침이다. 며칠 궂은날이 계속되더니 오늘은 참 상쾌했다. 마음이 한결 가벼웠다. 딸과 사위는 일찍 출근하고 남편과 늦은 아침을 먹었다.

샤워하고 이층에서 내려오다가 계단에서 미끄러졌다. 예고 없는 사고, 순간의 실수였다. 정신을 차리고 보니 골절은 아닌듯싶었다. 겨우 일어나 걸어보니 왼쪽 발가락이 쑤신다.

남의 나라에 와서 이게 무슨 꼴인가, 나 자신에게 화가 났다. 회복은 많은 시간이 걸린다. 나이가 들수록 조심 또 조심해야겠다. 딸과 사위에게 미안했다. 이나마 걸을 수 있어서 다행이었다.

집으로 가야 하는지 그냥 있어도 되는지 밤새 고민 중인데 화가 난 왼쪽 발이 빨리 집에 가자고 쿡쿡 찔러댄다. 다친 발을 달래느라 잠을 잘 수 없었다.

미국 병원

어제 다친 발 통증 때문에 제대로 잘 수 없었다. 진통제 한 알 먹고 겨우 두어 시간 잤을까. 일어나 기도하고 발을 보았더니 엄지발가락이 소복하게 부어있다. 사위가 병원 가자고 성화라 급하게 가느라 신분증을 챙기지 못했다. 신분증이 없다고 거절당했다.

딸이 퇴근하자 다시 병원에 갔다. X Ray를 찍었다. 의사 소견이 발가락이 골절되었으니 정형외과에 가라고 소개해 주었다. 보험 없는 여행자라 X Ray 세 번 찍고 판독하는 진찰료가 무려 사십오만 원, 너무 비쌌다. 나올 때는 이상하게 생긴 신발 한 짝을 준다.

그 신발 한 짝을 신고 딸의 부축을 받으며 나오는데 골절이라는 말이 왠지 믿기지 않았다. 내일은 정형외과로 가봐야겠다. 오늘 하루는 분주하고 억울한 느낌이 들었다.

오진誤診

근무 중인 딸한테서 문자가 왔다. 점심시간에 전화해 달란다. 시간 맞춰 전화하니 어제 갔던 병원에서 전화가 왔는데 결과가 오진이란다. 뼈가 골절이 아니니 정형외과에 안 가도 된단다. 집에서 얼음찜질하고 안정 취하면 된다고 한다.

반갑기도 하고 의사가 미운 생각도 들었다. 밤새 얼마나 많은 생각을 했는지 머리가 아팠다. 한국 가서 치료해야 하나? 그냥 있어도 될까? 다시 생각하니 전화해준 병원이 감사했다. 밤새워 걱정하던 일이 이렇게 끝났다.

오늘은 즐거운 에피소드가 있는 날이다.

비 오는 날 드라이브

비가 많이 내린다. 길가 경사진 곳에는 물이 개울물처럼 내려간다. 불편한 발로 딸과 쇼핑을 나갔다. 사고 싶은 물건은 별로 없지만 함께 다니는 것이 좋았다.

걸음이 불편하다. 차 안에서 비 오는 차창을 내다보며 맛있는 간식을 먹었다. 이 또한 얼마나 아름다운 딸과의 추억인가! 딸이 웃으면서 엄마가 비도 데리고 왔다고 한다.

LA에 이렇게 비가 자주 많이 오는 일이 없었다고 해서 또 웃었다. 발도 불편하고 비도 왔지만 그래도 이국에서 비 오는 날 딸과의 드라이브가 잊지 못할 추억이 되었다.

딸의 간호

아직은 발이 자유롭지 못하다. 딸이 휴가를 내어 옆에서 돌봐주고 있다. 하루의 일과가 기도와 큐티 또는 TV 시청이다. 딸과 이야기를 나누다 보면 이제는 딸이라기보다 친구 같다.

이제 겨우 시차 적응에 한 달이 된 듯한데 하는 일 없어도 시간은 어찌 빨리 가는지 모르겠다. 돌아가면 또 한 달 시차 적응에 시달려야 한다. 그래도 할 수 있는 지금에 감사하다.

세월을 되돌려보면, 젊은 20대에는 서울에서 시골집까지 12시간이 걸렸다. 지금은 지구 이편에서 반대편까지 갈 수 있으니 급변하는 세상 속에 살면서 나는 또 어떻게 변했는지 시곗바늘을 되돌려보는 시간이기도 하다.

태평양 구경

주말이다. 오늘은 딸네와 넷이 태평양을 보기로 했다. 남편과 딸이 도와주고 지팡이도 준비했다. 한 시간 넘게 로컬로 천천히 갔더니 끝없는 태평양 푸른 수평선이 보인다. 부드러운 모래와 눈부신 물빛이 눈앞에 아득히 펼쳐진다.

이 광활한 대지에 끝없는 저 바다는 무엇인가. 분명 하나님의 축복을 받은 나라다. 볕살이 따가운 바닷가에는 사람들이 많이 나와 있었다.

점심은 '길목'이라는 한국 음식점에서 잔치 국수와 소고기구이를 먹기로 했다. 이국에서 맛보는 잔치 국수 맛이 궁금했다. 시원하고 톡 쏘는 맛이랄까, 처음으로 맛보는 신선한 맛이었다.

이 집은 주말이면 주방 문을 닫는다. 사용할 생각 말라는 뜻이란다. 주방 문이 닫혔으니 주말여행을 가든지, 끼니를 외식으로 하든지.

아날로그 시대가 디지털 시대에 입문하기 쉽지 않다. 주부를 위한 배려인지는 모르겠으나 참 이상한 나라에 온 듯했다.

남편의 생일

올해는 미국 딸네 집에서 남편 생일을 맞았다. 딸이 미역국에 생선과 불고기 등 맛있는 아침상을 준비했다. 남편 생일이라 휴가를 받은 딸과 사위와 꽃구경을 갔다.

우거진 숲 속에 알록달록한 꽃들이 상춘객의 눈을 사로잡는다. 꽃구경하고 폭포를 찾아가는 길에 잠시 쉬기로 했다. 공작새가 사람을 보고 먹이를 찾아온다. 이참에 공작새와 사진을 찍고 시원한 주스로 갈증도 식히면서 다음 코스로 갔다.

시원한 물줄기가 쏟아지는 폭포를 지나 장미가 아름다운 정원에서 나는 사진을 찍으려고 핸드폰을 찾았다. 아뿔싸! 여기저기 가방을 다 털어도 행방이 묘연하다. 어디에 두고 왔지? 쉬던 자리로 급히 갔으나 핸드폰은 없었다. 비싼 대가를 치르고 집으로 왔다.

저녁에 케이크 커팅을 하고 오늘 행사를 끝냈다. 이 좋은 날, 가족들은 남편 축하 보다 나를 위로하기 바빴다. 잠자리에 들어서도 망막하고 고립된 생각뿐이었다. 아마도 핸드폰 중독이 아닐까 회개하고 중보기도를 드렸다. 이제 돌아갈 날이 얼마 남지 않았으니 참고 견디어야 한다.

헤어지고 만나고

3개월가량 머물던 딸네 집에서 가방을 챙겨 공항으로 왔다. 티켓팅을 하고 헤어지는 출구 앞에서 사위와 딸을 두고 떠나는 마음, 쉽지 않았다. 어느 때나 어느 곳이든 이별이란 쉽지 않다. 한참 이별의 아픔을 남기고 탑승구로 들어갔다.

긴 비행을 마치고 내린 인천공항은 역시 따뜻하고 익숙한 곳이었다. 이 편안함은 무엇일까? 나라를 떠나보지 않으면 애국자가 될 수 없다는 말이 생각났다.

막내아들 집에 도착하니 말만큼이나 큰 내 강아지들이 할머니 할아버지 왔다고 법석을 떤다. 언제 보아도 금쪽같은 내 강아지들!

가족이란 이렇게 반갑고 사랑스럽다는 것을 가슴 저리게 느낀다. 사연을 남긴 긴 여행이었다.

5부
금쪽 같은 내 손주들

우리 집

집으로 왔다.
3개월 비웠던 집이라 걱정했는데
막내며느리와 여동생이 청소와 환기를 잘해서
비워 둔 집 같지 않았다.

베란다 화분들이
주인이 왔다고 방긋 웃는 화분도 있고
키만 멀쑥해서 심드렁하게 삐친 화분도 있다.
미안한 마음에 다가가 어루만져 주고
"기다리느라 지루했지?"하며 이야기를 나누었다.

집이 깨끗해서 짐 정리만 하고
오늘도 감사함을 기도로 하루를 마쳤다.
역시 내 몸에 익은 내 자리가 제일이다.

현대판 기적

3개월의 공백을 채우느라 여기저기 밀린 일과 정리에 나름 분주했다. 이제 한숨 돌려도 될 시점에 몸살이 왔다. 주말이라 병원도 못 가고 밤이 되니 열도 나고 온몸이 쑤신다. 행여 코로나가 아닐까 걱정되었다. 주일이라 온라인으로 예배드리고 쉬었다.

월요일 일찍 병원에 가서 코로나 검사를 했더니 다행히 음성이었다. 열이 올라 엑스레이도 찍었다. 폐렴이 될 수 있으니 약 먹고 쉬어야 한다는 의사 선생님 주의가 있었다. 오후가 되자 다행히 열도 내리고 기침도 조금씩 줄어든다. 선생님의 처방으로 폐렴의 위기를 잘 넘겼다.

미국에서 발을 다쳐 찍은 엑스레이 자료를 가지고 병원에 왔다. 어떤 진단이 맞는지 궁금했다. 선생님이 보시고는 골절이라는 진단을 내렸다. 그런데 왜 미국 병원에서는 골절을 오진이라고 번복했는지 의문이다. 골절이 분명하다면 아들은 속히 서울로 와야 한다고 했었다.

하나님께서 어렵게 간 길이니 좀 더 머물다 오라는 계시가 아니었을까? 나중에 딸이랑 전화하면서 현대판 기적이라고 해서 같이 웃었다.

설날

올해는 크리스마스도 주일이었고
우리 고유 명절인 설날도 주일이다.
예배가 우선인 우리는
각자 자기 교회에서 예배드리고
다음 날 명절을 보냈다.

다행히 오가는 길이 막히지 않아 좋았다.
며느리의 정성 어린 설날 음식이
온 가족의 마음을 즐겁게 했다.
아들 내외와 손주들의 세배를 받으며 덕담을 나누고
새해 첫날을 맞이했다.

시편 128편에 말씀같이 내 손이 수고한 대로 복되고
형통하리라는 말씀으로 기도했다.

'네 집 내실에 있는 네 아내는 결실한 포도나무 같고 네
상에 둘린 자식은 어린 감람나무 같으리로다'

금쪽같은 내 손주들

나라가 다른 일본에서 손주들이 왔다. 병원에서 강보에 싸여 품에 안고 오던 때가 엊그제 같은데 키가 180㎝가 넘는 청년이 되었다. 본인이 원하는 대학에 입학하더니 어느새 취업이 되었다니 얼마나 기특한 일인가.

쳐다보기도 아까운 손주들! 자식에게는 책임이 따르고 손주는 사랑만 주면 되는 것일까? 딸네는 딸이 둘이고, 큰아들은 아들이 둘이요 막내는 아들이 셋이다. 하나같이 성격도 개성도 다르다.

딸들은 딸답게 예쁘고 여리고 자상하다. 우리 외손녀 별이는 나를 많이 닮았다고 어미가 늘 말한다. 막내네 도윤이는 할아버지를 많이 닮았다. 생긴 모습뿐만 아니라 하는 것도 그렇다. 하나같이 예쁘고 보배로운 내 손주들 생각만 해도 입꼬리가 귀에 걸린다.

친구

손주가 다녀간 빈자리에
친구의 전화를 받는다
마음 열어 나눌 수 있는 친구
서로의 안부와 삶을 나누는 친구다

친구로부터 내 삶의 뒤안길을
글로 써보란 말을 들었다
소녀적 꿈이 이제 이루어지려나
이젠 손이 떨려 글씨마저 휘청거리는데

갑자기 구름 위에 둥둥 떠 있다
기쁨이 구름 위에서 춤을 추다가
그만 소나기로 꿈을 지운다
소나기 지나간 일곱 빛깔 무지개가
마음속에 선연히 펼쳐지는 하루였다

교회란

교회란 주님이 주인 되는 곳이다. 복음이란 그릇 속에서 기쁨과 슬픔을 함께하는 곳. 진리로 생명과 죽음을 알게 되고 선한 마음이 악한 생각을 이기게 한다. 또한 사랑으로 미움을 이기는 힘도 갖게 한다. 진실이 거짓을 밀어냄도 복음 때문이다.

이 모든 진리를 가르치는 학교가 교회다. 가르치는 선생님은 우리 주님이시다. 나를 나되게 하고 삶의 가치관을 깨우쳐 주는 곳, 진리로 겸손을 알게 되고 이웃을 사랑하게 된다.

또한 교회는 병원이다. 우리는 모두 상처를 가진 환자다. 마음의 아픔을 위로하고 어루만져 주는 주님은 의사다.

교회는 가정이다. 교회에는 완전하신 우리의 아버지가 계신다. 우리는 함께 웃고 함께 울며 서로 보듬고 사랑하는 가족이다. 아버지는 우리에게 나눔과 섬김과 헌신의 삶으로 인도한다. 우리는 아버지의 자랑스러운 자식이다.

아버지 되시는 하나님께서 우리의 삶을 끝까지 책임지시고 천국까지 인도하는 그곳이 바로 교회라는 곳이다.

교회는 내 마음의 고향이다.

주와 함께 교회

주와 함께하는 교회는
정확한 정체성과 방향을 정하여
말씀으로 기뻐하고 찬양으로 감사하며
순종의 삶으로 기도하는 교회다

그 속에서 기쁨과 아픔을 함께 나누며
사랑과 이해로 보듬는다

여호수아 같은 용맹한 사람도
모세처럼 기도의 일꾼도
아론 같은 순종의 사람도
맡은 일에 책임을 다하고
함께 모여 기도하며 성장하는
바로 내가 다니는 '주와 함께' 교회다

저 건너 마을

식탁에서 바라보는 저 건너 마을
산자락이 병풍처럼 둘러있는
옹달샘 마을에는 누가 살고 있을까

아침 연기 모락모락 피어오르고
집집마다 도란도란 이야기꽃 나누며
정다운 하루를 달각달각 시작하겠지

육 남매의 여행

가을 날씨가 잔뜩 흐려있다. 오늘은 친정 동생들과 남해안으로 여행을 떠나는 날이다. 일 년 전에 예약된 일이라 날씨 때문에 취소할 수 없었다. 마음은 늙지도 않는 모양이다. 비가 온다는 예고도 있었지만 내 마음은 며칠 전부터 설레고 있었다.

우리는 계획된 일정에 따라 관광지 교통편과 숙박할 곳을 다시 점검하고 부산에서 먼저 온 팀과 합류했다. 먼저 가덕도와 거제도를 연결하는 수중 도로인 대교를 타고 통영 산양읍에다 짐을 풀었다. 저녁 만찬은 생선회와 웃음 양념하여 즐겁게 먹었다.

'형제의 동거함이 어찌 그리 아름다운지 헐몬의 이슬이 시온에 내림 같다'라는 시편 133편의 말씀이 생각났다.

다음날, 한 폭의 그림 같은 동피랑과 한려수도를 돌았다. 자연을 보면서 하나님의 오묘하신 솜씨를 다시 감탄했다. 흐린 날씨지만 여행이란 나그네의 화려한 꽃수레인 듯 생각이 춤을 추었다. 일렁이는 파도의 흰 포말이 속풀이 하듯 마음속을 시원하게 씻어주었다.

박경리 문학관에서 그분의 집필 과정을 읽고 삶을 문장으로 고스란히 옮겨놓은 통찰력 있는 그 표현에 또 다른 감명을 받게 되었다. 수산 과학관에서 내려다본 한려수도는 말 그대로 남해의 나폴리라는 말이 잘 어울리는 풍경이었다.

이 나이에 어려울 것 같은 여행도 동생들의 도움으로 남해의 절경을 아름답게 간직할 수 있는 추억 한 자락을 남길 수 있었다.

권사님들

오늘은 반가운 권사님들을 만났다.
수십 년을 함께 한 친구들이다.
생활이 다르고 모습들도 다르지만 신앙이라는
분모가 같기에 만나면 이야기꽃이 활짝 핀다.

믿음 안에서는 세대 차이도 환경 차이도
모두 하나가 된다.
살면서 즐겁고 슬펐던 일들을 펼쳐 놓으면
다윗의 친구 요나단처럼 서로의 도움으로
남은 삶의 여정을 나누는 그런 친구들이다.

함께한 세월 속에 우리는 하나 됨을 누리며
그 향기 그대로 영원하리라 다짐한다.

가을맞이

물의 정원으로 가을꽃 마중을 나갔다
정다운 분들과 함께 가는 소풍은
감사를 넘어 행복이다
알록달록 가을이 꽃신 신고
사뿐사뿐 마중 나온다

코스모스가 무리 지어 반겨주는 가을맞이
강물은 흐르고 햇살은 반짝이며
산들바람 불어오는 그 꽃밭 중심에서
내가 웃고 있다
찰칵, 권사님이 인증사진을 찍는다
나도 꽃이 되는 순간이었다

몽뻬르 카페

더없이 맑은 가을하늘에 솜털 구름이 두둥실 떠 있다. 반가운 홍 장로님 내외분이 점심을 같이하자고 오셨다. 맛집을 찾아 점심을 먹고 카페로 갔다. 권사님과 나는 커피와 빵을 주문하고 홍 장로님과 남편이 먼저 자리를 잡았다. 좋으신 분들과 모처럼의 외출이라 마음이 설레었다.

뒤늦게 자리에 앉았더니 남편이 느닷없이 코스모스꽃 한 다발을 품에 안겨준다. 갑작스러운 남편 행동에 놀란 나는 '카페에서 사진 촬영용으로 준비한 꽃다발인가 보다'라고 생각했다. 어리둥절한 내 표정을 보고 권사님이 일러준다. 사실 목사님 부탁으로 만든 꽃다발이란다.

"어머! 오래 살고 볼 일이네!"

나도 모르게 이 소리가 튀어나왔다. 결혼 50년 넘게 살면서 그 어떤 기념일도 챙겨 준 적 없는 남편이었다.
“코스모스 선물이라니! 내가 제일 좋아하는 꽃인 줄은 알고 있었네!”

하며 중얼거렸다. 원래 말이 없는 남편이긴 하지만 이렇게 놀라게 할 줄은 몰랐다. 눈물이 날 것 같았다. 순간, 불길한 생각마저 스쳤다. 옛말에 사람이 안 하던 일을 하면 좋지 않다는데…

집에 오자 남편은 내 방에서 내가 잘 볼 수 있는 벽 쪽에다 꽃을 걸어 주었다. 평생 서운했던 일이 한순간에 사라졌다. 행복이란 큰 것이 아니라 이렇게 소소한 것에서 느끼는데 왜 미처 표현하지 못하고 살았을까 늦었지만 오늘은 꼭 이 말을 해야겠다. ‘당신 참 멋진 분이야!’ 혼자 중얼거려 본다.

6부
은행나무 숲

삶의 뒤안길에서

뜨거운 삶을 노래하는 매미 소리가
우렁차게 들린다
팔십 년을 살아온 나의 인생길은 어떠했을까
저렇게 한번 목청껏 외쳐 본 적이 있었던가
무엇을 심고 무엇을 남겼는가

늘 두렵고 조심스러웠다
그때는 최선을 다했다지만
아쉬움은 늘 나를 돌아보게 한다

누군가는 인생은 슬픔과 아름다움이라 한다
이제 와 돌아보니 슬픔도 다 아름다움이었다

얼마 남지 않은 내 여생
영원이라는 소망을 향해
뙤약볕에서 노래하는 매미처럼
믿음에 열정을 다 하며 살고 싶다

다시 수술대에

허리 협착으로 수술을 받아야 한다. 예순 중반쯤에 허리 통증을 느끼게 되었다. 십삼 년이 넘는 긴 시간을 이 병원 저 병원 순회하며 약물치료와 물리치료 시술까지 치료해 보았으나 별 효과를 보지 못했다.

퇴행성 협착이라 이렇다 할 치료 방법이 없다고 했다. 신경이 눌러서 왼쪽 다리가 저리고 경련이 생겨 수면에도 어려움이 컸었다. 어쩔 수 없이 세브란스 척추 신경과에서 수술받기로 했다.

남편이 간병을 자청했지만 여자 병실이라 불편함이 많을 것 같아 간병인을 두기로 했다. 수술 전날 입원하여 수술에 필요한 모든 절차를 마치고 다음 날 이른 아침 마취 실로 이동했다. 수액을 꽂고 마취를 기다리는 시간,

‘다른 사람은 평생에 한 번도 안 하는 수술을 나는 두 번씩 한다’라는 생각이 잠시 나를 눌렀다.

‘두려워 말라, 내가 너와 함께 함이라.’

이사야 41장의 말씀을 잡고 기도하다가 잠이 들었다. 수술이 끝나자 의식과 함께 통증이 밀려왔다. 큰 산이 나를 짓누르는 듯한 아픔이었다. 하룻밤을 견디고 나자 주사가 주렁주렁 매달리면서 통증의 강도가 조금씩 약해졌다.

며칠이 지나자 휠체어로 바깥바람도 쐴 수 있었다. 하늘이 푸르고 바람이 얼마나 신선한지 마치 환자와 건강한 사람과의 차이만큼이나 시원한 충격이었다. 속히 회복되어 일상으로 돌아갈 수 있기를 기도했다.

태풍 카눈

6호 태풍 카눈이 온다. 뉴스마다 난리다
올여름은 유난스럽게 더웠다
그 기세를 쫓아내려고 카눈이 오나 보다

내 삶 속에서 폭풍을 만났을 때
나는 어떻게 견뎠을까
폭풍이 지난 후 햇살이 더 눈 부시 듯
내 삶에도 그런 스무고개를 몇 번 넘었으리라

얼마쯤 가야 종착역에 도착하는지
아무도 모르는 삶이 오늘도 나를 견인한다

장마

올해는 더위가 일찍 찾아온 듯 6월 기온이 30도를 훌쩍 넘긴다. 장마가 지난해보다 며칠 늦었다는 보도가 나온다.

드디어 아침부터 비가 온다. 장맛비는 가늠하기 어렵다. 장대비가 쏟아지다가 조용히 색시 발걸음으로 소리없이 내리기도 한다. 때론 소강상태로 먼 산 위에 안개가 춤을 추듯 걸쳐있다.

비는 생명의 원천이다. 우리 삶에 꼭 필요한 물이지만 범람하면 마魔가 된다.

적절하게 산다는 것도 참 쉬운 듯하지만 어려운 일이다.

시골 여름밤

해 떨어진 시골 저녁에 별꽃이 피어난다
여름방학을 맞아 찾아온 꼬마 손님들
모깃불 피워 놓은 마당에 앉아
감자랑 옥수수를 먹으며 이야기꽃을 피웠다

숨바꼭질 술래잡기 반딧불이 쫓으며 뛰놀던
아이들 소리 사라져 간 시골 골목에

드디어 키다리 가로등이 눈을 떴다
골목 지킴이 청지기가 되어
적막 감도는 시골 골목을
밤이 새도록 밝히고 섰다

여름과 가을 사이

입추가 지나고 처서가 왔다
어엿한 가을 문턱이다
먼 산은 아직 여름을 보내기 싫어
푸르름을 자랑한다

아침저녁 선들바람은
나무에 색동옷 갈아입히려 수선을 떨고
나무는 쑥스러워 가슴 여미며
몸 움츠리는 아가씨다

한낮 햇살은 따스함을 끌어안아도
산들 부는 바람은 자신의 계절을 찾고자
여름의 등을 밀고 있다

가을하늘

가을 하늘은 하나님의 도화지
목화꽃 같은 흰 구름도 그리고
독수리 날개 칩도 그린다

푸른 도화지에 흰색으로 그려내는 그림
자세히 보면 내 고향 태백산도 있고
북녘 백두산도 보인다

하나님은 참 좋으시겠다.
그리고 싶은 대로 그렸다가
마음에 안 드시면 싹 지워버리고
다른 그림을 그리시는
우리 하나님은 화가시다

은행나무 숲

쌀랑한 바람을 맞으며 이른 아침에 홍천 은행나무숲으로 갔다. 올가을엔 하나님께서 엘리야에게 보내 주셨던 까마귀를 나에게도 허락하신 듯 여행을 잘 다니게 하셨다.

이른 아침 산마루에 솟구치는 햇살이 운무에 가려서 달인 듯하더니 순간 제 모습을 찾는다. 흰 구름 깔린 하늘은 끝없이 높고 햇살은 유난히 빛났다.

알록달록 예쁜 모습으로 갈아입은 산자락을 보면서 웃음 한 아름 안고 휴게소에서 아침 식사를 했다. 금강산도 식후경이라 했던가. 홍천에는 이천 그루의 은행나무가 숲을 이룬 곳이 있었다. 계절이 좀 이른 듯 노랑과 초록이 어울리니 더 싱그럽다.

신선한 바람이 맞이하는 노란 숲에는 개울가의 갈대가 인사를 하고 흐르는 물소리는 아이들 옹알거림처럼 들려왔다.

우리 부부는 사랑과 수고의 섬김을 받으며 황금 숲에서 하나님께 감사의 기도를 올렸다.

우리 집 꽃밭

햇살 바른 베란다에 크고 작은 화분들
옹기종기 모여 앉아 소곤소곤 이야기꽃을
피우고 있다
'무슨 이야기를 하는 거니?'
나도 꽃들 곁에 앉았다

가만히 안색을 살핀다
7월에 이사 온 수련이 얼굴빛이 안 좋다
갓 시집온 새색시처럼 수줍은 듯
고개를 숙이고 있다
적응 기간이 긴가 보다
안쓰러워 "어서 힘내" 위로의 말을 건넨다

천리향은 씩씩하게 잘 자란다
향이 천 리 간다고 붙여진 이름이란다
오렌지 재스민 향기도 은은히 스며든다
자신의 향기대로 꽃을 피우는 행복한 우리 집 가족이다

소한

한 겨울이란 말이 실감 나게 동 장군이 기세를 부린다. 날씨가 추워지면 발걸음이 빨라진다. 그것도 마음만 바쁘지 실제로 몸동작은 둔하기 이를 대 없다. 마음 따라 걷다 보면 넘어지기 쉽다. 마음도 몸 따라가야 한다는 걸 알지만 가끔 잊고 실수할 때가 있다.

올 소한 무렵에는 춥고 눈이 자주 내렸다. 눈이 내리면 반갑고 설레던 마음보다 걱정이 앞선다. 이런 날은 행인을 보면 겁부터 난다. 넘어질 것 같은 불안 때문이다. 멍하니 눈 내리는 창밖을 보노라면 또 아이들을 걱정하게 된다.

이곳 기후와는 상관없이 지구 반대편에 살고 있어도 아이들 걱정은 떠날 줄 모른다. 어서 소한 대한을 잘 보내고 꽃 피는 봄을 건강하게 맞고 싶다.

봄눈

이른 아침 문을 여니
찬 바람이 확 안긴다
봄이 오는 길목에 눈꽃이 소복소복 피었다

간밤에 겨울이 남기고 간 마지막 선물일까
갈증 난 땅과 나무들이 눈꽃 축제를 즐긴다

목마른 나무들의 피돌기가 들리는 듯
뿌리에서 나뭇가지로 소리 없는 봄맞이가 분주하다
멀지 않아 개나리, 진달래가 손잡고 달려오겠다

문수산의 노을

초판인쇄일 _ 2024년 5월 1일
초판발행일 _ 2024년 5월 1일

펴낸이 _ 임경묵
펴낸곳 _ 도서출판 다바르

주소 _ 인천 서구 건지로 242, A동 401호(가좌동)
전화 _ 032) 574-8291

지은이 _ 홍정식 사모

기획 및 편집 _ 장원문화인쇄
인쇄 _ 장원문화인쇄

ISBN 979-11-93435-08-3